Les aventures d'Oscar et Mauricette

Enquête au Républicain Lorrain

par Hector

Editions Serpenoise

DU MÊME AUTEUR CHEZ LE MÊME ÉDITEUR :

Les aventures d'Oscar et Mauricette
Tome 1 - Le fantôme de Malbrouck
Tome 2 - Le retour du Graoully
Tome 3 - Coup franc contre les grenats
Tome 4 - L'empereur de Bliesbruck
Tome 5 - Enquête au Républicain Lorrain
Tome 6 - Les disparus de Verdun (à paraître - co-scénario : P. Bousquet)

Sur un scénario de Patrick Bousquet :
Les aventures de Loufock Scholmes
Tome 1 - Le mystère des feuilles mortes
Tome 2 - Le château des Mac Scot (à paraître)

Sur des textes de Patrick Bousquet :
6 juin 1944 : objectif Normandie

Par Patrick Bousquet :
Les étoiles d'Omaha (illustrations : Hector)
Bleu, chien soleil des tranchées
La balle rouge
Un ami tombé du ciel (illustrations : Hector)
Bleu, les années feu

A Géorgia qui partage mon quotidien.

Merci à Patrick pour son aide.

© 2003 - Editions Serpenoise, BP 70090 - 57004 Metz cedex 1 - ISBN : 2-87692-566-4

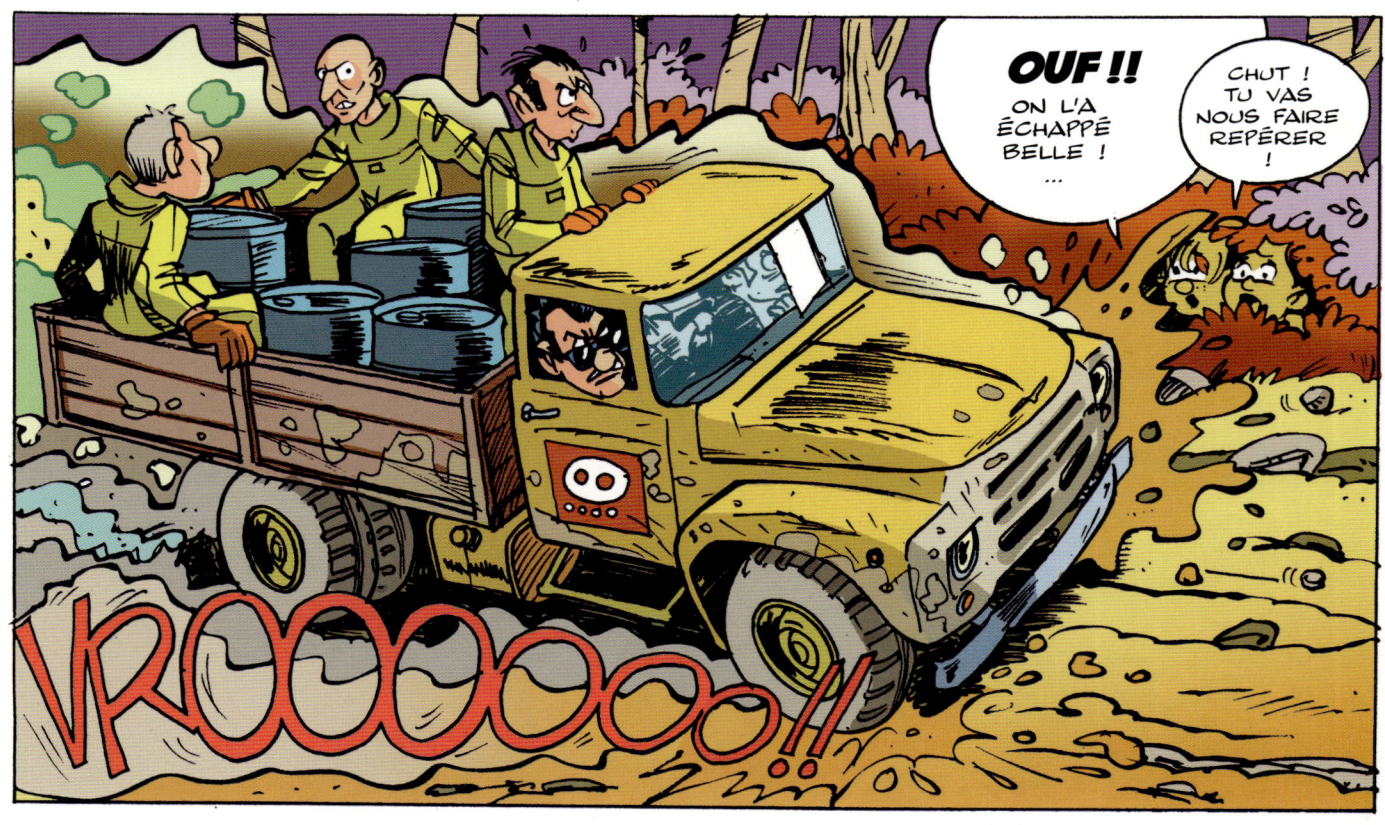

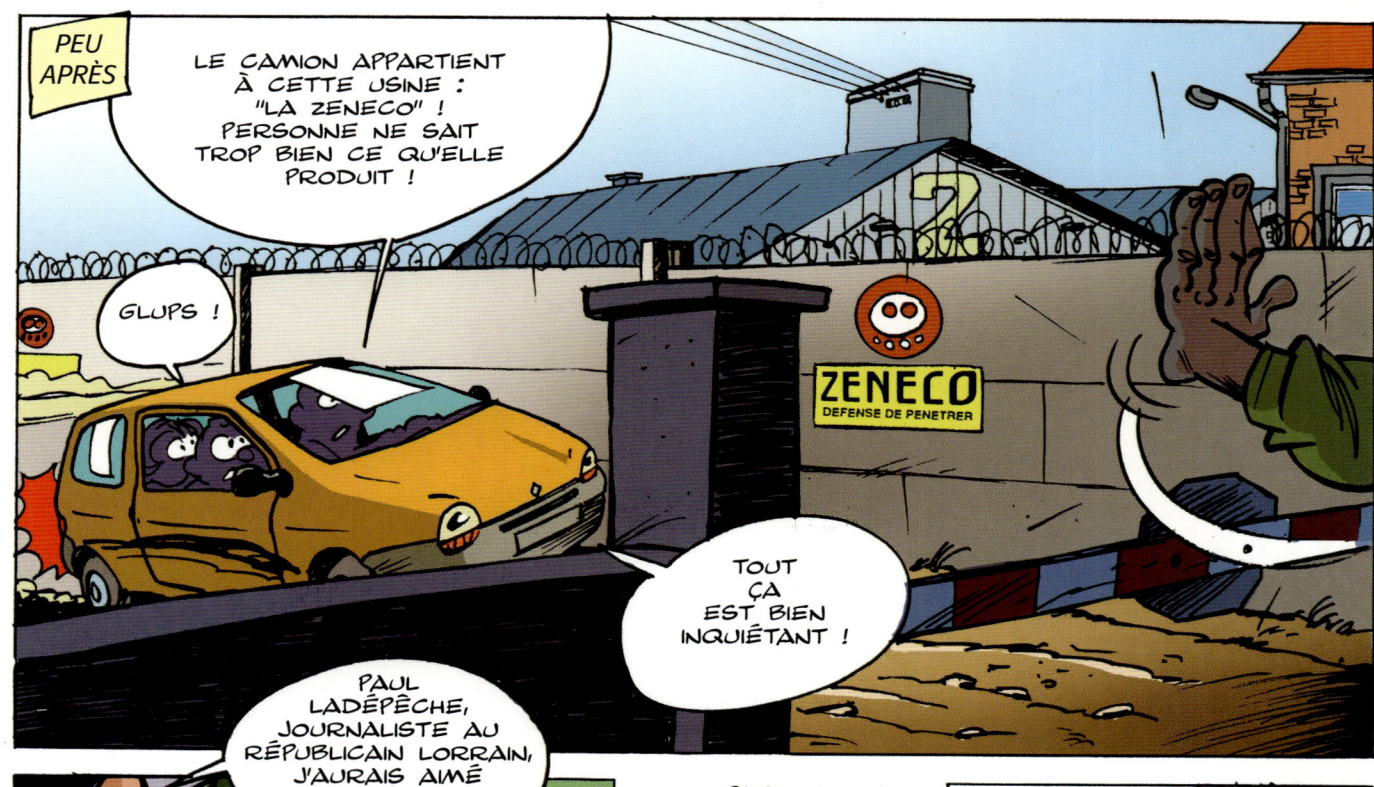

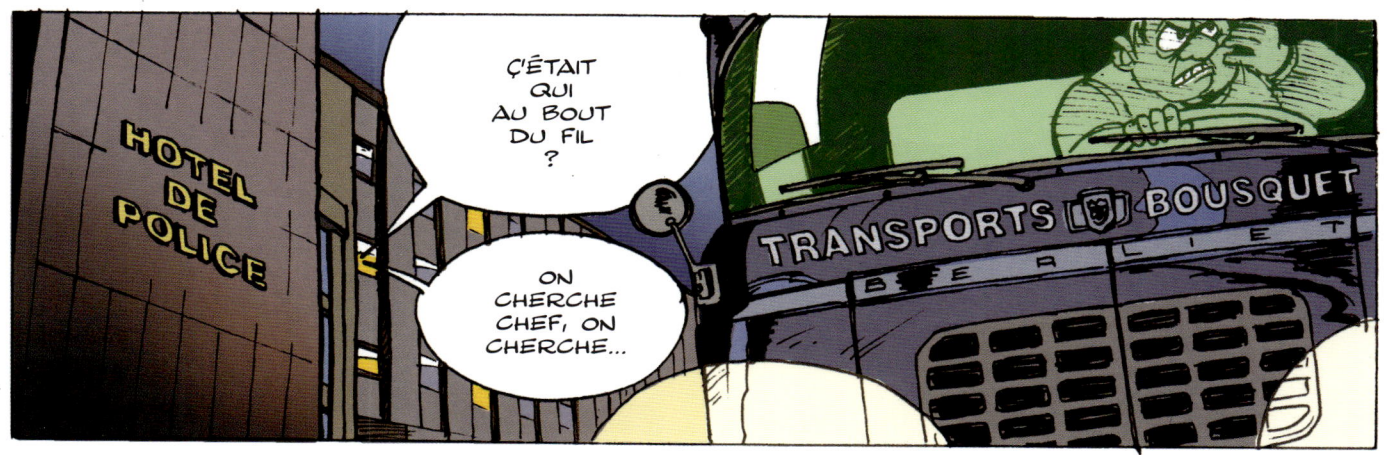

Le Républicain Lorrain

Victor Demange,
fondateur du Républicain Lorrain
Président Directeur Général
de 1919 à 1971

Marguerite Puhl-Demange,
Président Directeur Général
de 1971 à 1999

Claude Puhl,
Président Directeur Général
depuis 1999

Mathieu Puhl,
Directeur Général
depuis 1996

Armé de sa plume et de son courage, *Victor Demange* **crée à Metz au lendemain de la Première Guerre mondiale un journal en langue allemande indépendant de tout parti et de toute idéologie.**
Le tout premier numéro du *"Metzer Freies Journal"* paraît le 19 juin 1919, avec pour sous-titre *"Le Républicain Lorrain"*.
Une grande page de l'histoire de la presse régionale commence…

En 1936, année charnière de l'entre-deux-guerres, Victor Demange met à exécution son projet de créer un journal en langue française destiné aux Lorrains. Le 13 septembre paraît le premier numéro du *Républicain lorrain*.
En 1940, alors que les bottes allemandes martèlent le pavé messin, Victor Demange, fidèle à ses convictions, saborde son journal le 14 juin. Le journal ne reparaîtra que le 1er février 1945.
Dès lors, *Le Républicain Lorrain* s'impose contre vents et marées, se faisant l'ardent défenseur et ambassadeur de la région lorraine, se mobilisant entre autres aux côtés des mineurs de charbon en 1963.
En 1971, Victor Demange nous quitte, laissant à sa fille Marguerite, épaulée par son mari Claude Puhl, les commandes de l'entreprise. Avec énergie et courage, elle sait mener à bien sa tâche et imposer sa vision moderniste de la presse quotidienne de province. Sous son contrôle, le journal va s'engager pour la création de l'Université de Metz, mener une campagne de soutien pour la défense de la sidérurgie…
Femme de tête et de cœur, elle a su alléger les maux de milliers de Lorrains au travers de son œuvre *Noël de Joie*. Egalement amoureuse des livres et de la culture en général, elle va créer les *Editions Serpenoise*, mettre en scène *l'Eté du livre*, soutenir l'*Association Lorraine des Amis de la Musique*.
Mais le destin a voulu qu'elle disparaisse au faîte de son accomplissement intellectuel et professionnel en 1999.
Depuis, c'est son mari Claude Puhl et son fils Mathieu qui dirigent de pair le vaisseau vers le grand large, cap vers le 3e millénaire…

Quelques "unes" historiques

19 juin 1919
Premier numéro du Républicain Lorrain en langue allemande

13 sept. 1936
Premier numéro en langue française

1er fév. 1945
Premier numéro après-guerre

14 fév. 1960

22 juil. 1969

La rédaction

Le siège de la rédaction du *Républicain Lorrain* est à Woippy et 5 centres d'éditions (Metz, Forbach, Briey, Sarrebourg, Thionville) chapeautant 16 agences réparties dans la zone de diffusion lui sont rattachés. La rédaction est composée de 150 journalistes répartis entre les agences et le siège. Au siège, la rédaction est divisée en plusieurs services : informations régionales, informations générales, grands reporters qui voyagent dans le monde entier, informations sportives, le magazine…

Le petit journal

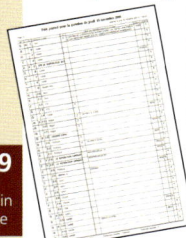

On appelle "le petit journal" le plan du journal à paraître. Y figurent le nombre de pages, les emplacements publicitaires et le nombre de pages des locales.

Les rédacteurs

Après avoir recueilli l'information, les journalistes-rédacteurs rédigent leurs articles sur ordinateur à l'aide d'un logiciel spécifique.

Les secrétaires de rédaction

Ce sont des journalistes qui reçoivent l'ensemble des articles et illustrations susceptibles de paraître. Ils décident de leurs emplacements, de leurs titres, des illustrations et de la surface qu'ils occuperont. En fait, ils hiérarchisent les informations dans les pages et assurent aussi leur mise en forme en réalisant une maquette avant leur montage.

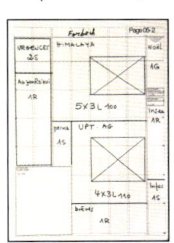

La station de numérisation des photos

Les opérateurs de la station de numérisation des photos reçoivent les images envoyées par les agences de presse (AFP, Reuter, AP) et de la Banque d'échange de la PQR.
Ils assurent aussi le traitement des photos faites par les reporters-photographes et ont accès à toutes les bases d'archives du journal.

Une journée pour préparer le journal du lendemain

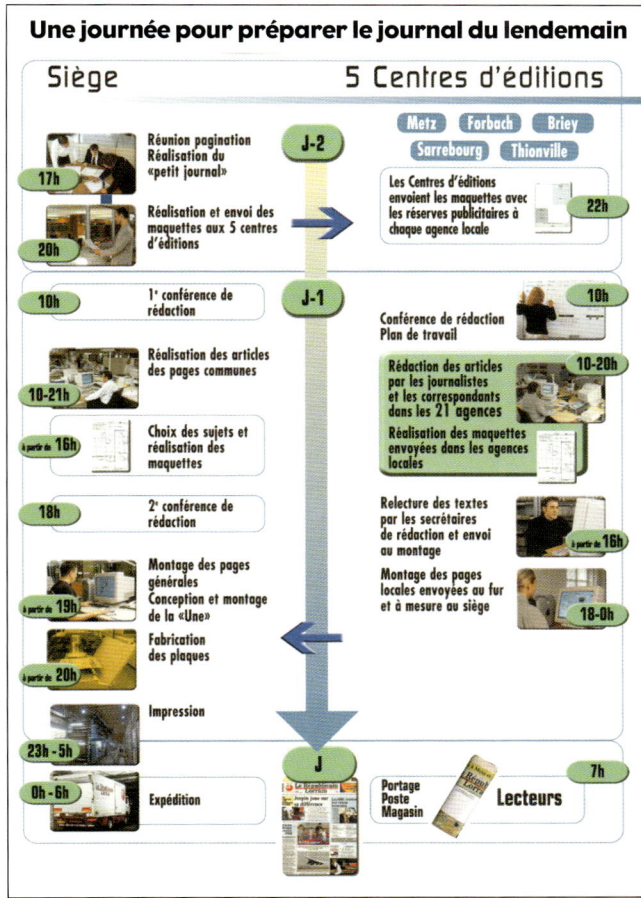

Les monteurs

Le montage des pages est réalisé sur un écran graphique. A l'aide de la maquette transmise par le secrétaire de rédaction, le monteur appelle les différents articles stockés dans un ordinateur central, les positionne, procède aux ajustements et à l'importation des photos.

Les dépêches

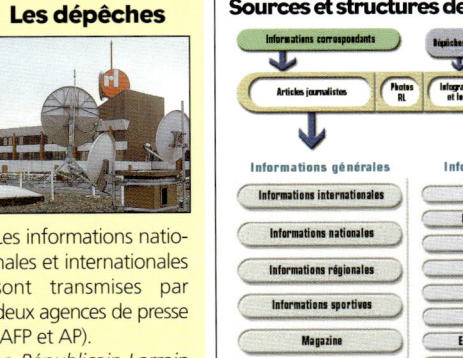

Les informations nationales et internationales sont transmises par deux agences de presse (AFP et AP).
Le *Républicain Lorrain* reçoit quotidiennement 1500 dépêches en moyenne

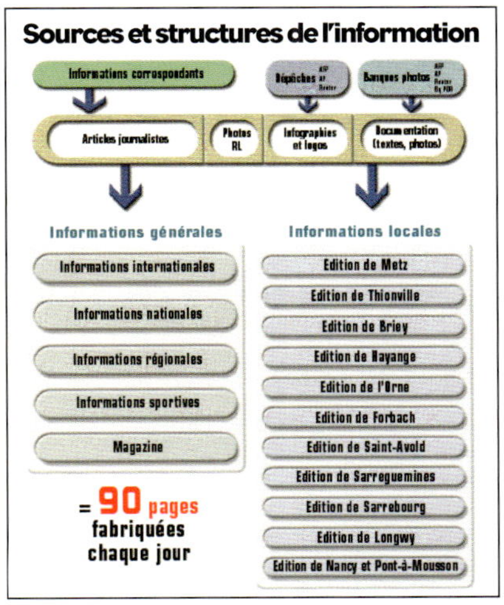

Sources et structures de l'information

= **90 pages** fabriquées chaque jour

Le *Républicain Lorrain* présent sur le net depuis juin 1996 sur **www.republicain-lorrain.fr**

Quelques "unes" historiques

11 nov. 1970

10 juil. 1980

19 oct. 1982

13 avril 1984

La documentation

Depuis 1968, le service documentation gère un fond documentaire de 900 000 photos papier, une base informatique de 92 500 photos, 40 000 dossiers de coupures de presse, 8 000 ouvrages et toute la collection du *Républicain Lorrain* sur microfilm. Sa mission est d'apporter un soutien logistique aux journalistes et à l'ensemble des services du journal.

La technique

Toutes les nuits, Le Républicain Lorrain imprime sur ses rotatives 11 éditions du journal en commençant par les éditions les plus éloignées de Metz (Sarreguemines, Forbach, Saint-Avold, Sarrebourg, Meurthe-et-Moselle sud, Thionville, Hagondange, Orne, Longwy, Briey et Metz). Une fois toutes les pages réalisées par les monteurs, il faut fabriquer les plaques qui vont servir aux rotatives pour l'impression du journal et enfin expédier les journaux dans les quatres coins de la zone de diffusion.

De l'ordinateur à la plaque : CTP

Le CTP (Computer to plate) marque l'avènement d'une nouvelle technologie dont les avantages sont la qualité et la rapidité. La gravure des plaques aluminium se réalise par laser (prod. : 180 plaques/h).

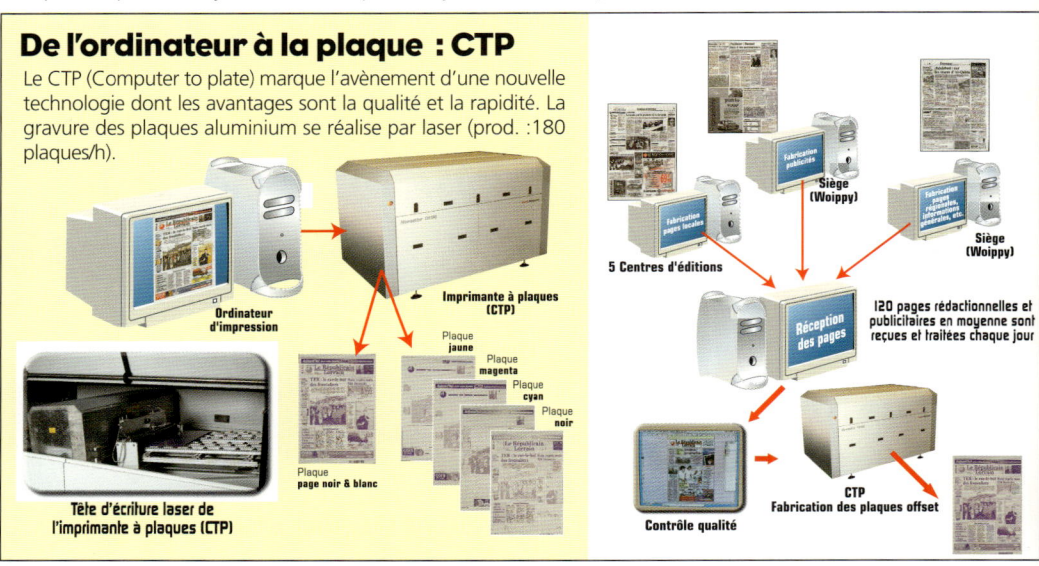

Impression d'une page couleur / Quadrichromie

Pour reproduire les pages en couleur selon le principe de la quadrichromie, 4 plaques sont réalisées, une par couleur. Les 4 plaques sont installées sur 4 cylindres différents de la rotative, un pour chaque couleur. Chaque cylindre est encré avec une couleur primaire différente (cyan, magenta, noir et jaune). Ils viendront imprimer leur couleur successivement sur la même feuille de papier afin de recréer les différentes nuances qui figuraient sur le document de base.

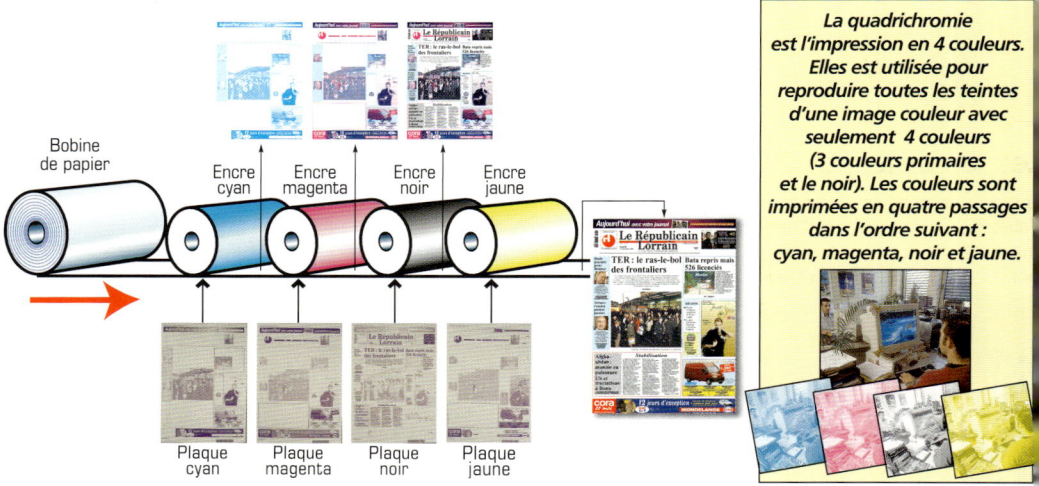

La quadrichromie est l'impression en 4 couleurs. Elles est utilisée pour reproduire toutes les teintes d'une image couleur avec seulement 4 couleurs (3 couleurs primaires et le noir). Les couleurs sont imprimées en quatre passages dans l'ordre suivant : cyan, magenta, noir et jaune.

L'impression offset

L'offset, qui veut dire report en anglais, est un procédé d'impression par double décalque de la forme d'impression sans relief (plaque aluminium) sur le blanchet puis sur le papier.
Le papier n'est pas en contact avec la plaque. Il reçoit l'encre par l'intermédiaire d'un cylindre en caoutchouc (blanchet) sur lequel l'image encrée a été déposée par pression du cylindre porte-plaques.

Le procédé d'impression se fonde sur la répulsion de l'eau et des corps gras (encres) pour distinguer les surfaces imprimantes de celles qui ne le sont pas.

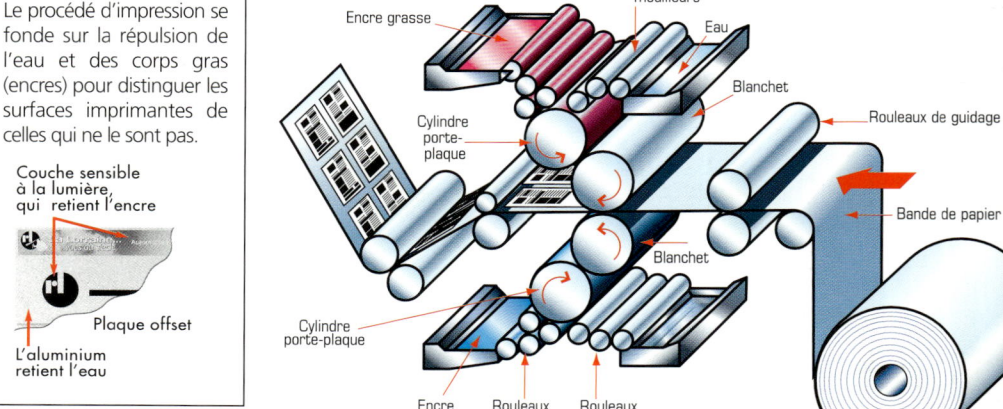

Impression

La rotative / Wifag OF5

Le *Républicain Lorrain* possède deux rotatives mesurant 20 m de long sur 2,5 m de large, 10 m de haut et pesant 120 tonnes chacune. Le papier défile à la vitesse de 28 km/h.

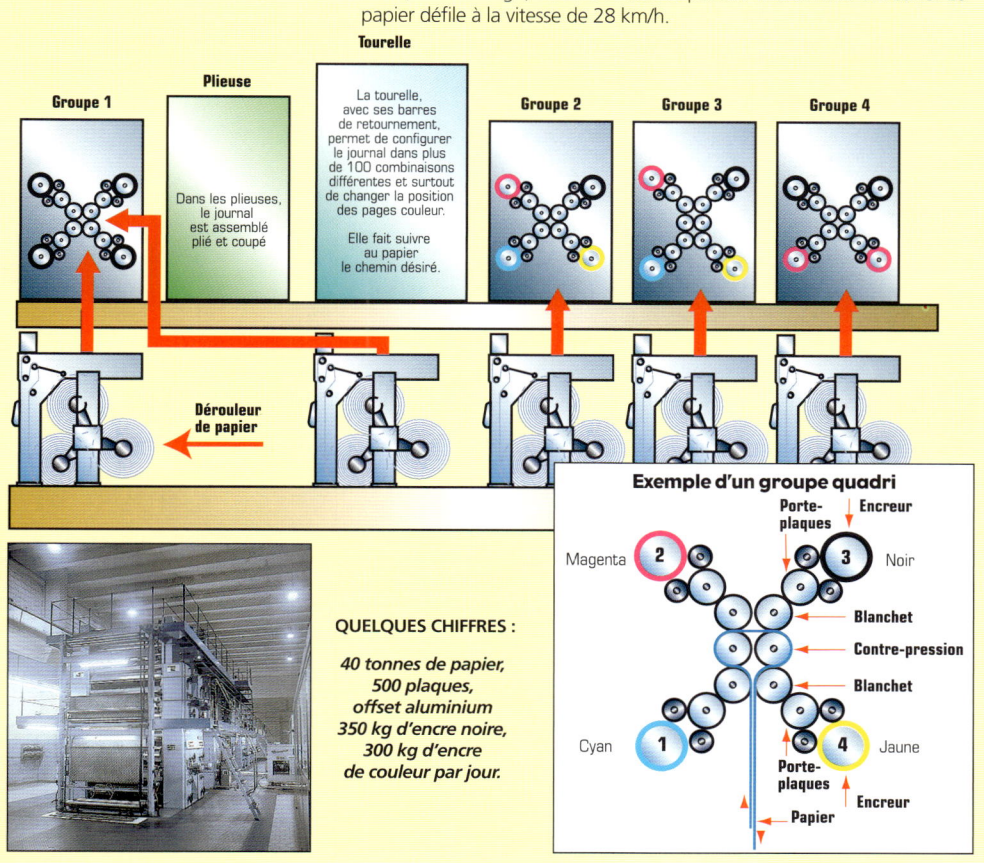

QUELQUES CHIFFRES :

40 tonnes de papier,
500 plaques,
offset aluminium
350 kg d'encre noire,
300 kg d'encre
de couleur par jour.

Les dérouleurs papier

Les dérouleurs de bandes à fonctionnement continu, appelés "trèfles" assurent l'alimentation en papier d'une rotative sans qu'il soit nécessaire d'arrêter la machine lors du remplacement d'une bobine dévidée. Chaque trèfle admet 3 bobines de papier, deux sont en attente.

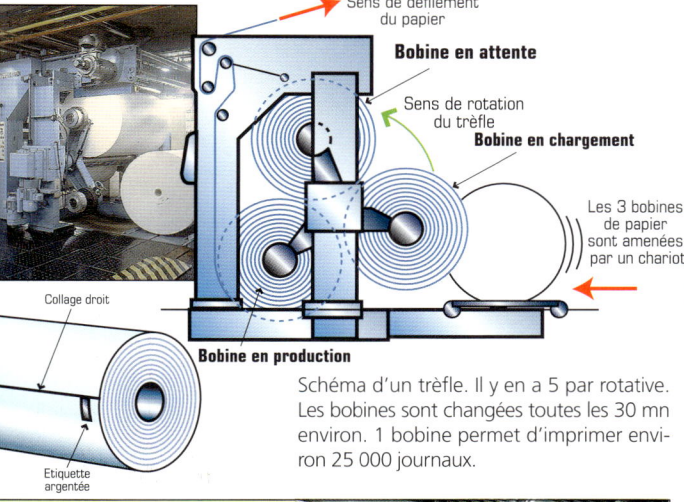

Schéma d'un trèfle. Il y en a 5 par rotative. Les bobines sont changées toutes les 30 mn environ. 1 bobine permet d'imprimer environ 25 000 journaux.

UNE BOBINE DE PAPIER :

Longueur : 14 km
Largeur : 1,60 m
Diamètre : 1,06 m
Poids : 1 tonne
Grammage : 42g/m^2
Provenance : Europe, Canada

Le *Républicain Lorrain* stocke environ 2000 bobines soit 3 semaines de production.

L'expédition

A la sortie des rotatives, les journaux sont saisis un à un par les pinces d'un gigantesque "serpent" mécanique qui les transporte jusqu'à la salle des expéditions.

Grâce à l'informatique, les journaux sont triés, comptés, emballés et étiquetés selon leur destination : dépositaires, porteurs ou abonnés. On appelle ça le routage.

Les paquets finis sont ensuite dirigés automatiquement vers la plate-forme des camions desservant les zones de diffusion du journal.

Quelques "unes" historiques

12 mai 1984

26 fév. 1985

11 nov. 1989

13 juil. 1998

13 fév. 1999

La publicité

35 commerciaux et assistants sont, au quotidien, en contact avec l'ensemble des annonceurs : commerçants de centre-ville, responsables de la grande distribution, professionnels de l'immobilier, concessionnaires automobiles, banques, assurances, institutions régionales, départementales, locales, monde industriel. Le service publicité présente également la particularité de posséder son propre studio de conception-création fort d'une vingtaine de collaborateurs.

Courtiers en publicité

Professionnels de terrain, rompus à toutes les techniques, ils sont au contact des clients et définissent avec eux les moyens de communiquer efficacement.

Studio dessin

Les dessinateurs-concepteurs réalisent les crayonnés, prémaquettes et maquettes définitives à soumettre aux clients-annonceurs.

Rédaction publicité

Les rédacteurs-concepteurs réalisent les publicités rédactionnelles commerciales et les textes d'accompagnement des annonces graphiques.

Studio photo

Les photographes réalisent au studio les nombreuses prises de vues noir et blanc ou couleur illustrant annonces presse, catalogues, dépliants, affiches...

Le service exécution

Ce service vérifie la conformité des publicités.
il réalise également le schéma du journal du jour (le petit journal) avec la rédaction et les services techniques et envoie la maquette du journal avec l'emplacement des publicités vers les 21 agences concernées.

Vente aux particuliers

Petites annonces, avis mortuaires, annonces légales sont réceptionnés par un personnel qualifié dans le conseil et l'accueil.

Promotion-animation

La promotion-animation assure la présence des couleurs du journal dans toutes les grandes manifestations sportives, culturelles et commerciales de la région.

Les ventes

Le service des ventes est chargé de vérifier la bonne distribution du journal auprès des particuliers et des dépositaires et dirige un réseau de porteurs sur toute la zone de diffusion du journal.

La plus forte diffusion de Lorraine

Avec 11 éditions réparties sur sa zone de diffusion (Moselle et Meurthe-et-Moselle), le *Républicain lorrain* est le premier support d'information et de communication lorrain.

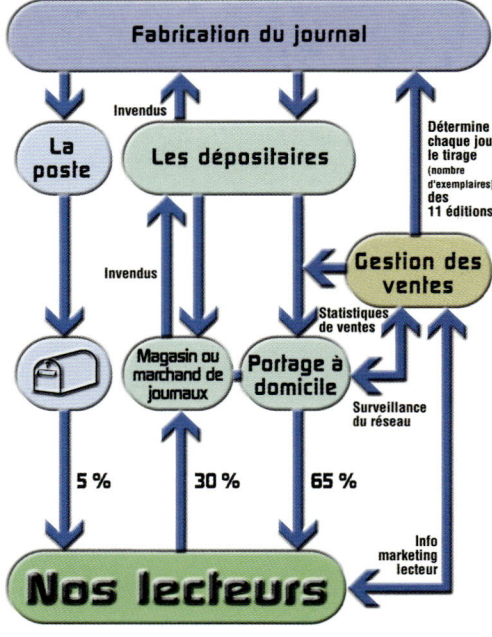

La distribution du journal

Quelques chiffres

- 200 000 exemplaires diffusés en moyenne chaque jour
- 360 parutions par an
- 11 éditions
- 665 000 lecteurs par jour
- 4000 km parcourus chaque nuit par le service de messagerie
- 1200 points de vente
- 1300 porteurs à domicile livrent le journal entre 4 h et 7 h

La diffusion du journal

La diffusion du journal est assurée soit par le portage à domicile, soit par les ventes en magasins soit par la Poste.

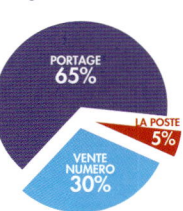

PORTAGE 65%
LA POSTE 5%
VENTE NUMERO 30%

En plus du journal, le *Républicain Lorrain* sort tout au long de l'année des suppléments thématiques (Habitat, Jeux de l'été, Salon de l'auto, Orientation scolaire, Entreprises...) et quotidiennement selon les jours des suppléments complètent l'information classique (Sports, Le Top-actus des spectacles, Multimédia, 7 hebdo...) et un magazine TV chaque semaine.

La communication

Le département communication participe au développement des partenariats du *Républicain Lorrain* avec le monde institutionnel, associatif, culturel et sportif.

Il contribue à la création d'évènements régionaux ou nationaux et à l'organisation d'animations de proximité.

Ce département valorise l'image de marque du *Républicain Lorrain* au travers de grandes opérations médiatiques et assure la diversification audiovisuelle du journal en gérant notamment les correspondances TV de TF1 et de LCI pour la Lorraine.